歌集

田舎医者

小関辰夫

現代短歌社

目次

田舎医者

一九九七年

心乱しぬ

先生の窓からも此の月が見えますか電話の中に君が言ひたり

通夜に行きし夫の留守にとかけて来し君の電話に心乱しぬ

縋り来よと垂れ来し糸かも知れぬのに蜘蛛に風呂の湯を浴びせかけたり

一九九八年

大腸を病む

明日手術を受くる此の身を秋の蚊が一つ来て
血を吸ひて行きたり

カーテンにかくれ病室の窓に立つ妻は泣くのか鼻をすすりぬ

胸に耳を当てて心音ききに来し妻をその儘少し抱きたり

八年前我と町長選戦ひ争ひし現職がまつ先に見舞ひてくれぬ

町民功労賞

原発反対訴へ町是に抗ひし我が町民功労賞受く

千羽鶴

二十七人の職員が折りくれし千羽鶴嘴の長さがそれぞれ違ふ

独居老人多くなり屍体検案書此の冬早も二枚書きたり

突堤より双眼鏡に覗き見る我が医院の三階の柵が錆びをり

魚行商終へ来し媼の肩の鱗指に一つとり聴診器当つ

病みてはたらく①

五年生存叶へば七十五歳なり程々の寿命と諦めもせむ

吻合部に黒きナイロン糸の断端が一本腸壁より垂りて写れり

一年に厚くなりたる老いのカルテ破れし表紙にテープ貼りをり

虚構

虚構の中の真実を探るのが文学だと言はるれば幼し我の短歌は

遺産相続の話を早も持ち出して娘二人の仲睦まじき

むくみたる足を患者椅子の上に乗す夜来る患者途切れし時は

剪る毎に爪を小瓶に溜めて置く妻に知られず
遺さむとして

大腸癌は胃癌より再発少なしとテレビに観し
人が電話下さる

診療四十年

診療四十年祝ふ集ひに来てくれし看護婦もへルパーもマニキュアをせり

挨拶は短目にせよとマイク握る時に小声で妻が言ひたり

ポル・ポトの死

患者診て立つ時看護婦の手を借りぬ往診も此
の頃は苦痛となりぬ

「先生も腰が曲がりましたな」と道を行く老
婆が往診の我に声かく

日に一章読み行く聖書終の日はどのあたり迄
進みゐるならむ

頭より水注がるる時学びたる進化論ふと胸を横切りぬ

鼻の孔に綿花詰められ寝かされてポル・ポトにも隠しき死がやつて来ぬ

焼かるるは厭だと言ひし君を焼く柩が担がれ門を出て行く

安房の鴨川

近く在さば駈けつけてでも診むものを余りに
遠し安房の鴨川

辻々に銭撒く葬りのしきたりも守れず短き葬
列は過ぐ

焼津迄薬を送つてくれといふ電話は洋上の鰹船より

開腹術二百手掛けし我の手が切傷縫ふにも此の頃震ふ

芝に混じり西洋蒲公英乏しらに絮飛ばしつつ風に戦げり

代診の報酬にて買ひし日除傘派手だと喜び母は泣きにき

死と滅びそして信仰

滅び行く命淋しと思ふ時雉が一声闇を切り裂く

生が死と変る直線を見届けて部屋を出て来ぬ
一礼をして

呆気なく今日は思はぬ人が死に床頭台に残る
吸ひ呑

仏像の秘めてゐる仏性を拝めと言ふ判る気が
して帰り来しかど

君を焼く煙と共に消えて行く命なのかと仰ぐ杉山

主は与へ主は取り給ふとヨブ記に読みいくらか今日の心安らぐ

洗礼を授けてくれし先生のこれがその手か萎えて冷たし

老眼鏡外して書かむとする時に何故か結論が
急に変りぬ

小手術

膝頭の君の粉瘤摘出す出血せぬ様指にはがし
て

少しづつ剝がし摘出するアテローム細き血管
も二重に縛る

裏階段の銹を落すと叩く音診察室にひと日き
こゆる

キリスト者とも党員君とも交はりてヒューマ
ニズムの矩越えざりき

日々

一日づつ残る人生を消して行く如き思ひに日記を書きぬ

共同墓地に隣接して十字架の墓標立つ此の漁師町も様変りして

口に残りし西瓜の種を抓み捨つ返すべき言葉
考へ終へて

廻り廻り揺れて倒るる独楽のごと七十年にて
終る一生か

六十歳過ぎて女と死ぬ心いくらか判れば花を
供ふる

腕時計の鎖に絡る細き髪二本が朝の陽に透けて見ゆ

生検用鉗子が腸蠕動にしきりに動く我のポリープをしかと挟みぬ

炊飯器洗ひて布巾かけてあり縊死せし君は卓片付けて

抗癌剤やめても吐き気が止まぬと言ふ肝への
転移を君は知るなく

一九九九年

ひと日一日

術後一年を無事と喜ぶ事勿れ余生が一日一日
失せ行く

丈短きホテルの浴衣の前を合はせ立ちて宴会の挨拶をせり

若きより頸椎を病み八人の孫に肩車してやらざりき

術後小康

開業医の未来を自民党に托するのか医師連盟
費増額されぬ

石垣を浸す潮の引き初めて甲羅土色の蟹が出
て入る

顎の鬚伸びしと指に撫でくるる二人となれば
大胆にして

三月毎の腹部エコーに肝転移なければ未来が
少しふくらむ

踏み絵

命惜しと夢の中にて足許に置かれし踏み絵ふ
みてしまひぬ

月々の我の歌ひそかに浄書して妻は遺歌集出
すつもりらし

武見太郎

裏山の避難場所迄六十段果して逃げ得るや津
波が来れば

武見太郎をなつかしみ言ふ声もなく官僚に弱き医師会となる

癌を病む我には反原発の集会を此の頃誰も報らせては来ず

身辺

六十年安保に関はる事もなく青年医師僻地に
赴任したりき

七十歳過ぐればかくもよろけるか階段に手摺
つけて貰はむ

又憶ふ母

〝それなりに弱味があなたにもあるのでは〟
図星指すごと妻に言はるる

これからは軍人の世だ将校になれと言ふ父と
諍ひき母は

術後の些事

誰も彼も笑みし後憐れむ顔をして見舞ひの熨
斗袋置きて帰りぬ

大腸の壁に隠れて見逃ししポリープが更に二
つ見つかる

接写して拇指頭大に写りたるポリープがいつ
迄も目蓋を去らず

病みてはたらく②

此処で何か言はねば少数派は無視される思はず手をば挙げてをりたり

あと五年生きたしと思ひし其の五年過ぎたり更に五年生きたし

ダビデの悩み

ダイオキシンに催奇性ありとのデータも米軍
は握り潰ししと言ふ

賛美歌数曲自らテープに吹き込みて葬儀の手
順書き遺したり

七十歳これからが本当の勝負だと思ひし時に
癌に斃れき

ダビデも二人の妻を娶りてゐしと読みいくら
か安らぐ我の心は

青石と赤石を積み回らして建てたる家に住む
日なかりき

病みて老い行く

四畳半ひと間では狭すぎる君の通夜柩が縦に
置きてあるなり

どの刺身たべても同じ味と言ふ抗癌剤に味覚
なくして

四十年住みても尚も他所者と呼ばれて鰤漁の
配当も無し

原発との闘い

原発の賛否に鬩ぎ合ふ狭き町兄弟といへど憎
しみ合ひて

君達とペンキ持ち寄り掲げたる反原発の看板
今も降ろさず

反原発運動の先頭にもう一度立てと言ひ来ぬ
癌病む我に

「原発を誘致し豊かに暮らそう」と我が医院
のタイルに貼りて行きたり

医者のあんたに漁民の貧しさが判るかと原発
推進派が詰め寄りて来ぬ

反原発

炉を停めて真つ先にカプセルに入り行くは原
発ジプシーと呼ばるる四人

二時間を限度に原発労働者冷却水漏れし床を
拭きをり

冷却水漏れしを故障と言ひ張りて又もや彼等
は事故と認めず

推進派と変りし君等を責めもせず一人夜更け
に散らし刷りをり

網小屋の二階

私注十巻七十歳過ぎて購ひぬ亡き後は君に遺しやるべく

幼くて片麻痺の孫が右下肢を垂らし懸命に犬搔きをせり

網小屋の二階にしつらへし老いの部屋階段四つん這ひに登り診に行く

老い行く

患者診て立つ時よろける我が腕を看護婦がしかと摑みくれたり

広辞苑鷲掴みにせむとする力萎えて又もや滑り落しぬ

患者診るのみに過ぎ来し四十年子の運動会にも行きし事なし

葡萄の種一つにむせて止まぬ咳嗽下障害我に現はる

二〇〇〇年

マダムキュリー

目を挙げて網戸の向うの闇を見る救ひは其処
より来るやも知れず

マダムーキュリーの使ひしノートより今もな
ほ放射能出づと知るや君達

思ひ切り叩き落しし黒き蛾の鱗粉が新アララ
ギの表紙を汚す

なんでも屋の我は便利な田舎医者今日は鼓膜
の切開をしぬ

近づきて会釈してくるる人の顔かすみて見えねど我も会釈す

松本城の天守閣に二人で登らむと妻にニトロを含ましめたり

日に幾度も昇り降りする階段の踊り場の手前で又も躓く

反原発を続ける

患者診る毎に幾十度洗ふ手のかくも皺みぬいつとはなしに

蟹の甲羅に酒を注ぎて飲みてをり術後二年のかかる喜び

脳梗塞起しても不思議なき年齢とアスピリン
処方されて帰りぬ

異種移植の拒絶対応を克服し医学が神に克つ
日のありや

あと二月事なく過ぎて今世紀終へたし我の願
ひささやか

夜眠らずくり返し練習せし陳述を知事の前に
て我はとちりぬ

〃知事の肚は決つてゐるさ推進だよ〃一人が
言ひぬ吸殻を捨てて

君の顎鬚いつしか白毛と変りゐて今も反原発
のジャンパーを着る

「二十一世紀は原発で豊かな町作り」標語三千枚刷りたりと聞く

古着屋に母の買ひくれし剣道着他人の汗の臭ひ残れり

老いて尚患者診る我は今年も亦平日の同窓会に出席出来ず

薬包紙に書きし一首

大切に今も持つてゐますと言ふ薬包紙に書き
し我の一首を

新しき医学に従き行けぬ老いとなり内科雑誌
も二冊断る

わしらの最期見届ける迄先生よまだまだ元気
でゐてくれと言ふ

ナースコールのコードを首に巻きつけて九十
二歳の老いが死にたり

ナース等が折りてくれたる千羽鶴二年に色褪
せ今も吊りあり

受洗せしと告ぐるに父は〝馬鹿者〟といきなり我を撲りつけたり

推進派の君と原発反対の我とがクリスマスを共に祝ひぬ

渡来種のタンポポ

他所者と言はれ渡来種のタンポポの如くはびこりし我かと思ふ

町長選に出るなどと娑婆気ある中はまだまだ死なぬと妻が言ふなり

ペースメーカー三度埋め込みこれからの数年をなほも恃みまししに

刈羽原発より送電するロス無視をして東京に
電力が送られて行く

原発容認をせず

高所より先生は見てゐて下さいと婉曲に我の
出馬を拒む

反原発叫べるだけでも幸せか盲従の他なき彼の日思へば

原発事故恐れてゐては過疎化防ぐ手段はなしと言ひ切る一人

有効率十八パーセントの抗癌剤吐き気に耐へつつ尚服むべしや

死に臨み死ぬのは厭だと嘆きたる歌あり鉛筆にてチェックして置く

乳癌の手術受け糸のまだ抜けぬ犬に花柄の布掛けやる

推進派

推進派が酔ひて我が医院の前を過ぐ「小関反対」と叫び乍らに

共産党後援会長を引き受けし我をば我が主は許し給ふや

爪の血糊

救急車送り出してより手を洗ふ爪の血糊にブ
ラシをかけて

めつきりと此の頃我の診療日月水金の患者が
減りぬ

腹水に隠れゐし転移性リンパ節体位変へる時
エコーに写る

翳りの色

短歌等にのめり込むのはまだ早い五六年は院長を続けよと言ふ

商業学校卒業の我は医学部に入らむと独学に微分学びき

皺伸ばし伸ばして顎を剃り行くにどうしても
残る二、三本あり

エプロンを掛けませうかと妻が言ふ膝に胸許
に多くこぼせば

昏れて行く迄の桜を見てをりぬ翳りの色の美
しくして

義絶せし養父の法要を我に隠し妻は年々営むらしき

私は今もイエスを追ふ

墓群に一つ新しき墓標建つ五日前まで我の診てゐき

中部空港埋立ての土砂を採るといふ山の立木
を伐り始めたり

あなたが先に死ぬとは限らぬと妻が言ふ眼底
出血と診断されて

「衝迫なき口先だけの歌詠むな」初学門の一
節に朱線を引きぬ

「私は今もイエスを追ふ」と言ひ入党せし赤
岩牧師を思ふ

我の葬りに唱へて欲しき三十九番新讃美歌集
より削除されたり

唯物史観容認出来ねど反原発三十五年を共に
闘ふ

難波花月観てもう一度笑ひたし死ぬ時近くなりて思へり

癌を病む我は高額納税者身を虐げて今も働く

公民館の和室を借りての演説会五足の靴が脱ぎてあるのみ

小さき黒子

幾度も腕の時計を見てゐしが主人の戻る頃と
帰りぬ

三十年逢はねど我に記憶あり君の口もとの小
さな黒子は

先生は赤だ

「先生は赤だ」と宣伝して廻るその男が診察
受けに来てゐる

「最後の最後のお願ひに来ました」と流し行
く此の候補政見を何も言ふなく

君を支援の街宣終へて雨に濡れし重き白衣を
壁に吊しぬ

延命治療

延命治療と言はるるも我に手を合はす此の老
いを死なせる訳には行かず

このわしが焼かれて灰になるのかと呆けし老
が声あげて泣く

眉に一本長く伸び立つ白き毛は父にもありき
切らず残しぬ

薬学部の一学期了へ帰り来し利香はラメ入り
のマニキュアをして

起座呼吸とりて喘ぎゐる君にして心電図の基線乱れて読めず

収入役罷免されデパートに蛸焼売るクラス一番の秀才なりき

体張つて闘ふと言ひ切りし君達も補償金貰ひ妥協するのか

二〇〇一年

反権力

喉にまだ痰の絡みて陳情文読み行く君の喘鳴
きこゆ

封筒の裏に取材して行きし記事が五段組みに
今朝載りてゐる

「反対派の意見は重く受けとめる」知事の発
言を恃みてゐしに

分断を策してゼネコンが提示する金額に揺ら
ぐ人が出て来ぬ

老人会の一泊旅行にも行かざりき土曜日も五
時まで患者診てゐて

民家の上に発破かけて迄山崩し海埋めて万博
に間に合はすのか

質草を抱へし母を自転車に乗せて此の坂越え
し日のあり

青岸渡寺

青岸渡寺に登る階段あと二百竹の杖強く握り直しぬ

那智の滝より引きたる延命の水と言ふ檜の杓子になみなみと汲む

大雲取越ゆると行きて見まししか那智のこの滝陰陽の滝

歩幅狭くなりしか寺への石段を一歩で一段登れずなりぬ

我が家の墓の草とり花替へてくれる人あり誰かは知らず

開業医の停年は死ぬる日と決めてめまひに耐へて今日も働く

四十年住めば故里と思ひゐるに陰では他所者と呼ばれゐるらし

土砂採取反対の集会に出でて行く権力には勝てぬと判つてゐても

コミュニストの君も仏式に葬らる香典に御仏前と書くべきや否や

山崩し土砂売りて貧困より脱せむと町長が言へば皆が拍手す

心房細動①

反権力と反道徳より文学は始まると言ひし瀬
戸内寂聴

ポケットより小型モニター取り出して止まぬ
心房細動の波型見てをり

サンリズムに発作押へ来し八ヶ月今朝又おこ
れば薬を替へむ

大腸癌の転移と脳塞栓の片麻痺のいづれか先に我を襲ふや

君の通夜より帰り来て玄関の塩を踏むかかる慣ひを不思議ともせず

精子凍結

二千円にて仕入れしワクチンを五千円で注て
といふ通達に従はざりき

精子凍結保存の記事を読み乍ら生ましめざり
し事を悔みぬ

待合室の炬燵に肩まで両手入れ老い等早くよ
り順を待ちをり

熱出してウトウト眠る我に来て物言はずアイスノン換へてくれたり

一本の庭の花咲かぬ柊に山茶花の花片が舞ひ散りてくる

蟻の様に

蟻の様に働けば富豪になれると読みその果は
肺を病み癌に斃れき

逝きし時唱ひて欲しき賛美歌に桜紅葉を二枚
はさみぬ

検屍する部屋内に冬の蠅一つ飛びまはりをり
骸のめぐりを

ゴム手袋はめて検屍に立ち合ひぬマスクにガーゼ四枚重ねて

金貸しし証書をつめし手提鞄逝きたる君の枕辺にあり

伝馬漕ぐ父

逝く前の人はこんなにも上手い歌詠むのかさ
すればまだ大丈夫

臨終の近しと酒に湿らすに父はかすかに首を
振りたり

鉢巻し伝馬船漕ぐ父の写真三月後に逝くとは
思ひもせざりき

銃剣にて刺されし父の二の腕の古傷を湯滝の
時にさすりぬ

武見太郎率ゐる医師会は強かりき七十二％の
経費国は認めて

処方する薬の名此の頃よく忘るこれが限界か
引退をせむ

この世を覗きてみたし

死ぬ事は仕方なけれど十年に一度は此の世を
覗きてみたし

「長い間世話になつたがもうあかん」今際の
言葉を我はききたり

となり町の小児科へと子等は皆行きてオタフク風邪を見る事もなし

二百人の患者切れざりし我が医院八十六人を今日は診しのみ

診療衣の胸のポケットに挿しておくペンライトが暗闇に何故か灯れり

我死すとも此の岬も海も変るまじ暫く目を閉
ぢ潮鳴りをきく

明日散る花を仰ぎて見てをりぬ癌に命の残り
少なく

転移細胞を貧喰細胞が食ひくれて今にある我
の命と思ふ

天井のしみ

刃向かふと歯向かふとどちらが正しきか一瞬
考へ歯向かふと書く

一つづつ小さき石を積むやうに危ふし危ふき
一日が過ぐ

田舎医者は生涯現役だと強がりを言ひしが耳も遠くなりたり

天井にしみが又増え形変へ我を苛む姿ともなる

もう少し強い眠剤はないかと言ふ子を亡くし五年を一人過して

我の差し出す相談料の一万円弁護士はポケットにねぢこみて立つ

願ひ事書き込みて君が日々折りし鶴を柩に入れてやりたり

屈原の絵の前人混みを肩で肩押し分け前へと進みて行きぬ

雨の線出さず夕立を描きたる一幅の前に立ちて離れず

地方政治

ヘルパー一人傭ふにも我は口を出す〝原発推進派の身内はとるな〟

地方政治にのめり込むより文学に帰れとの手
紙読み返しをり

ガーゼを浸しし白き湯呑を次々に手渡し君等
の嗚咽はやまず

副作用裏面に迄箇条書きにして効能はただの
二行にすぎず

津に育ち紀州に住めど生れたる名古屋訛が今
も出てくる

頸椎性メマイと言ふのか寝てをれば症状はな
し立てばふらつく

医師我は妻の手術にも立ち会へず夜の八時を
患者診てをり

赤旗と聖教新聞

脊髄硬膜穿刺する確かなる感触を三本の指が
おもひ出したり

夜行バスにて上京する我の書類鞄に新しきニ
トロ入れてくれたり

外泊を一日呉れと帰り行き其の夜縊死すると
は思はざりにき

〃痴呆の妻頼む〃と一行新聞のチラシの裏に
書きて遺しぬ

飼犬の死ぬ時を見たくないと言ひ妻は子の家
に行きて帰らず

赤旗も聖教新聞も断れず待合室に並べ置くなり

地下街を出づれば此処が新宿か喧騒を苦にせぬ人々が往く

ドライアイスと棺を持ち来よと涙声に妻は動物病院より電話かけ来ぬ

素通りする救急車

我が医院の前を救急車が素通りし隣りの町へ
走り行きたり

山崩すゼネコンが表土を剝ぐ時に宥めの式と
酒を撒きたり

台風は我が紀伊半島を襲ふという病室に一つづつ電池配りぬ

法律用語に馴染まぬ我は平易なる文体にて異議の申し立てを書く

共闘せぬ我を分派と決めつけてその後ファックスの連絡もなし

夏の盛り過ぎて平らなる雲となり竹叢の葉が
さやさやと鳴る

波立ちて川登り来る夕の汐盆の供花の殻の浮
きつつ

復活を本当に信じてゐるのかとおのれがおの
れに今日問ひてみる

地下鉄より出て来て新宿の空仰ぐ西も東も判らぬ空を

夢に見る逝きし母

昨日の夢に添ひ寝してくれしは誰ならむ其の匂ひ逝きし母に似てゐる

ネクタイが歪んでゐると手を伸ばし母は直し
くれき逝く三日前

「此の医院は夜でも気易く診てくれる」かか
る噂に栄えたりしか

天気予報も軍事機密の一つにて台風は常に突
然なりき

脳橋の梗塞に二日後死にゆきし君の症状は我と似てゐる

昼の薬服んだか服まぬか憶ひ出せず長谷川式痴呆テスト試む

山岳に蟠踞し歩兵銃構へ持ちアラーの教へ守ると言ふか

二〇〇二年

行政訴訟

控訴して結審迄の三年間我は命を保ち得るにや

新聞紙に顔を隠して医師我は日赤の待合室に
順を待ちをり

海老多く獲れすぎて不気味だと皆が言ふ南海
地震取り沙汰されて

七十三歳充分生きたではないか脈の乱れに驚
きもせず

少数派の我等益々孤立化し傍聴人も二人に過ぎず

一本の枝をさり気なく拾ひあげそれを杖とし石段登る

心房細動②

ホトトギスの花が造花の如く落つ鹿の子模様
の色あせぬまま

ハッシッシ服めば死の恐怖なしと言ふテロの
彼等ものみて逝きしか

町長選に立つとも立たぬとも言はず彼等に肚
を探らせてゐる

反原発貫けば推進派の患者等を多く失ひぬ挫けざりにき

我が町の活性化は原発の他なしと四選を狙ふ町長が言ふ

イスラムのテロ

少数派が勝つにはテロの他なしと肯へど口に
出してはならず

医者になれと途轍もなき事言ひし母軍人にな
れと父は言ひたり

ビンラディン逃げろと我の叫ぶ夢夢なれば誰
にもさとられざりき

三階の校舎の屋上に高射砲据ゑられし日より
学ぶなかりき

シオカラトンボの尾を切りマッチの棒を挿し
飛ばして遊びき罪を知らずに

高額の納税者に年々ランクされ算術医と言は
れし日ありき

出世辰になれと諭しし母の言葉呪文の如く我を縛りぬ

この中の何人が来年は欠けるのか万歳三唱し会は終ふれど

田舎選挙

手を合せ我を神様だと拝みたる患者の一票信ずるべきや

テロと言ひ報復と言ひ人を殺すなべてカインの末裔なれば

お茶と密柑で選挙が闘へるか酒を出せああ此の町は今も変はらず

ストーブの上に鍋据ゑ甘酒を沸らせて運動員
の帰るを待ちぬ

板狭みとなりて動けぬと言ふヘルパー町長選
を棄権すと言ふ

「町政を糺す会」の糺すが気に入らぬ〝小関
出て来い〟と酔ひて叫べり

ジャンケンポン

老いを診了へシャツの釦をはめてやるその我が指のいたく震へり

この子等に派閥はあらずジャンケンポン負けしが鞄持ち下校して来る

猫柳咲き初めし一枝貰ひ来ぬ小さき蓑虫一つ垂れしを

東南海地震の津波の潮位計堤防の高さを越えて建つなり

学徒動員の追憶

開業医は敵を作らずをモットーにせよと諭され
し守れざりにき

鴨居の裏に金庫の鍵を隠さむと背伸びする妻
を横目に見たり

はりつけにされし悪党を信仰する邪宗徒なり
と言はれし日あり

五本の指まともな工員居らざりき煙草を節欠けし指に挟みて

地に飛びし鉄銹は未だ熱持ちて地下足袋の底焦げて臭ひき

汗に濡れし菜つ葉服のまま扇風機に乾かすに塩の粉が吹き出しき

イスラム信仰

おのが身を神とパレスチナに捧ぐると読みあげて自爆せし十七歳

パソコンが使へぬは文盲より恥づかしと思へど今更学ぶ気がせず

逃れの町

四十年を「逃れの町」と住みたれど更に逃れ
行く所もあらず

頸椎コルセット巻きて頬杖突きてゐる医療法
改正の話ききつつ

片足にて案山子の如く幾度も立たむとするにすぐによろける

震ふ手に幾度も我の両手とり最後に何を言ひたかりけむ

一口の茶を飲み込むにも突き出でし喉仏が上下に大きく動く

余生

党員を繰り町長を糺弾する司令塔は小関だと
噂するらし

末期には誰かが飲ませてくれるならむぐい呑
みに冷たき酒をひと口

大腸癌の術後四年か五年なるかそれさへ忘るるまでに癒えしか

頭部より尾部まで腫れてゐる君の膵ＣＴに見つつ如何に告げむか

萬葉集私注読むをおのれの余生とし今日のひと日も安けく暮れぬ

一粒の飯練りつぶし封をして君に幾度か手紙書きたり

六月の暑きにマーカーのインク溶け六法全書の裏迄滲む

白檀の香のする母の墓

鏡台にみつけし珊瑚のかんざしを売りて生理学の本を買ひたり

祭礼のナイロン提灯も飾らずに一人病む老いを今日も診に来ぬ

三十センチ角のヘルスメーターに立つ時によろけて柱を摑む

八味地黄丸の効能定かに判らねど添書のままに処方するなり

誰か母の墓に詣でてくるるらし白檀の香のする煙立ちをり

今すぐに大阪を発つと電話切れぬ朝迄保たぬ命か知れず

お大師のお礼受け来て病む我の胸をさすりて
くれし母はも

遺伝子

杖三本日傘三本立ててあり今日の分院に患者
の多し

ベッド数十九床の診療所一生に為ししはやっと此処迄

我が医院より外装明るき薬局が二軒隣りに開設されぬ

あと一つ積木を積めば崩れ行く他なき心に炎天歩む

明日よりは廃道となるこの峠カーブミラーが
一つ割れゐつ

屋上の小関医院の電飾の「医」の文字が今日
は切れてゐるなり

知らぬ間にマンション買ひ持つ妻にして独り
となる日に備へゐるらし

唐辛子浮べるうどんの残り汁昭和ひと桁生まれは余さず飲みぬ

信仰も我の遺伝子を変へられず所詮罪の子と死にて行くべし

田村元衆議院議長の顕彰碑此処にも建ちぬトンネル成りて

車椅子より降りし元議長支へられ拍手を浴びてテープカットす

ペンライト

ペンライト振りても叩きても灯らざるかかる日がいつか我にも来るか

掌に打てばまだまだ灯るペンライト我が残生
の如しと思ふ

津波来る数分間に忠魂碑見ゆるあの丘まで如
何にか逃げむ

茶屋にて借りし先の割れたる竹の杖突きて登
り行くなり青岸渡寺に

「赤ふんどし締めて原発と闘ふぞ」言ひゐし
が真つ先に落伍したりき

イスラエルは合衆国の一州との論説を読む納
得をして

聖書読み仏典を読む日々にして執れの救ひに
入らむ我かも

幾千の骨なほ埋れてゐるものを均して鉄骨の
十字架建てり

寿と夭とは業報の招く所と読む憶良自哀文の
一節にして

鶴を折り我の平癒を祈りくれし八十八歳の母
を憶ふも

鰤漁に栄えし錦千軒が原発に只頼る町となりたり

圃場整備に九十九里浜の林迄一キロの道が直線となる

赤旗の日曜版一箇月八百円化粧品やめとりてくれたり

二〇〇三年

平衡感覚

肝障害ありと知りつつ服ませたるアクトスに
血糖値安定をしぬ

濡れ縁に滑り体勢整ふる平衡感覚我になかりき

強行軍に十里歩きし時よりも強き疲れを此の頃覚ゆ

頸椎を病みて筆力弱くなり楷書に「癌」と正しく書けず

自己破産の弁護士料三十万どうしても工面出
来ぬと又借りに来ぬ

党員より過激な発言する我を基督者なりと誰
も思はず

死後十年もう一度此の町に帰り来て世のうつ
ろひを見たしと思ふ

小さき花枯れしと見る間に玉結びふうせんかづらふくらみ始む

掌のまなかにて切れてゐる生命線案じつつ七十五年生き来ぬ

術後五年

十銭を母より受けて鶏肉屋にいつも小間切れを買ひに行きたり

北朝鮮を討てと激しく机叩く君を国民は期待するらし

坪五十万出して求めし此の土地も百年後は海の底かも知れず

原発を阻止せしと言ふ自負のあり思へばさは
やかなる落選なりき

術後五年安穏にあれば本望と思ふに更に五年
生きたし

ビンラディン生きてゐたとの報道にひそかに
我はほくそ笑むなり

藁屋根は三州瓦と替へられて父の生家も代替りしぬ

ピースの缶が診察机にのせありて煙草の害など恐れざりにき

週刊誌顔に伏せ待合室にやりすごす我の患者が横を通れば

同窓会

反り身になり打つちやり技の得意なりし伊藤
一郎も死にて十年

十六人の物故者の中去年迄世話人幹事の君の
名があり

数人が軍歌唄ひしその後にマイク持ち我が
「人恋ふる唄」

裏作の畝に伸び来し麦踏みき風に背を向けふ
ところ手して

竹べらを焼きて踵の銃弾を抉り出し今も跛ひ
きをり

腰髄を病みて痺れて火照る足冬も靴下はかず
に過す

一屯爆弾の直撃に死亡説流されし我は生きを
り今もしたたかに

文明一人を先生と呼ぶ会終りそれぞれに心足
らひて帰る

千人針知らぬ若きが二人ゐて此の歌会の未来楽しも

四輪駆動車の前輪時に空転し九十九里浜渚は遠し

通夜の雨

両側に狐の像の並ぶ参道母と詣でき何を祈りし

通夜に立つ我の肩濡らす樋の雨背を伸ばし君は拭きてくれたり

鼻注管胃まで入れむに咽頭にトグロ巻き又も口に出でくる

解けたるセーターの袖口折り曲げて老いて瘠せたる今も着てゐる

手術受けし我が前夜に服みしごと陛下も眠剤用ゐまししか

前立腺癌①

癌と知らぬ祖母に陀羅尼助を切り出しに削りて幼き我は服ましぬ

着信音鳴りて慌てて取り出すにトンネルに入り切れてしまひぬ

核兵器廃棄の証しを見せよと言ふ核の力を背景にして

ストマイを贈りてくれし宣教師其の人故にアメリカを憎まず

「五十代となれば前立腺の検診を」と我も待合室に貼りてをりしに

七十六歳根治手術は諦めてホルモン療法恃みて生きむ

ふた月前はかかる事もなかりしに手摺持ち登るに又も躓く

前立腺癌②

二つの癌に我の行く末限られて狭き踏み板歩み行くごと

此の寺に新しく観音堂寄進され五百の集落に
まだ力あり

七十五歳が手術の限界と言ふ泌尿器科医二つ
の癌を持ちて生くべし

前立腺癌診療マニュアル一冊を老いたる内科
医一夜にて読む

死ぬる前一つの療が増えしのみ今日の告知を
さほど気にせず

しでこぶし木蓮と今日並び咲き厳しき冬も過
ぎて行きたり

二千万赤字出してゐる町営プール夜空に煌々
と明かり灯せり

陀羅尼助

飛行機雲長々引きて行くみれば花散らす雨となるのか明日は

阪神グッズ柩の中に入れてやるＨＴの帽子冠せて

両踵の褥創癒えぬまま逝きて処置をしてやる
湯灌の後に

フセインの下では自由なかりしが略奪もなか
りしとなつかしみ言ふ

飛行帽冠りし予科練の君の写真柩の中に誰が
入れしか

波しぶき立てて吹き来る沖の風我が寝室の窓を打つなり

乳離れ悪しき我にと陀羅尼助両の乳首に母は塗りしと

平仮名に般若心経写しゐき其の意も母は判らぬ儘に

真実が追ひかけてくる

我が医院の自動ドアの開く音今日は少なし雨降り続く

血を喀きつつ酒臭ふジャンパー着てをりし中西久今に思ふも

追ひ来るは官憲ならず執拗に真実が我を追ひかけてくる

俵齧り鼠がこぼししを掃き集めその一升が役得なりき

厚司の前掛け肩に当てがひ米担ぎ二百俵積みて疲れ知らざりき

短歌教室隣りは大正琴奏でをり公民館に老い等楽しく

創氏改名

「足を靴に合はせろ」と履かされし十文半ゆび裏の胼胝今に残りぬ

無の中に溶けて行くのを死と言へば五人のナースの一人うなづく

創氏改名拒みて「金」を貫きし中学四年の其の後を知らず

明け方の夢なればまざまざと覚えをり逝きたる友が無言に招く

片目入れしままのダルマが挨かぶり倉庫の棚
に座りゐるなり

散りし後金雀枝の丘はさみどりに戻りて今日
より梅雨に入りたり

七十五歳心の底に埋れゐる小さき火一つ如何
に消すべき

自爆テロ

「人間はいつか死ぬんだよ」癌告知静かにきて君は呟く

悪しき事の予兆かもしれず梅雨じめる朝に中指の爪が割れたり

立つ時によろけて柱を摑みたり足の弱りは隠す術なく

梅雨明けは七月半ば過ぎと言ふカルテのゴム印裏迄にじむ

自衛隊天皇制すら容認し中途半端な党となりたり

結核患者に癌はなしとの丸山論理愚かにも信
ぜし日の我にあり

自爆せし女は身ごもりてゐしといふ胎児哀れ
みテロを憎みぬ

三十数軒が犇きて建つこの町に我は少年の時
を過ごしぬ

魚市場に祭の寄附金貼り出され「小関医院」が風に煽らる

榛名の歌碑

前立腺の癌の進行は遅しと言ふその学説を只に恃みぬ

足許を波に掬はれ孫の手を離してよろけ尻餅をつく

漿膜迄達してゐしと六年後執刀医ははじめて我に告げたり

河口の石垣につくカキ殻を浸して夕べの潮満ちて来ぬ

文明の「榛名」の歌碑に手を置きて写れるを
我の遺影となさむ

迎へ火も送り火も焚かぬ此の我を父母は許し
て呉るるならむか

カラー煉瓦の舗道にも躓きやすくなり今日は
ステッキ突きて歩みぬ

我よりも三ヶ月早く生まれたる君の臨終を見
るは哀しも

日本人の一%に満たぬキリスト者そのまた小
さき群れの一人か

震へる左手

魚納屋を改装し開院して四十年高額所得者と
なりし幾たび

最後の一針縫ふ時我の手が震へ左手でそつと
甲を抑へぬ

五年延命出来ると君に手術勧め空しき嘘を又
もつきたり

網戸透し聞く裏山の蝉の声ミンミンが止みカ
ナカナが鳴く

塩に漬け簀の子に天日干しにするカラスミを
何度も裏返すなり

腹赤く首紅き外来種の亀増えて猿沢の池租界
の如し

防空頭巾焼けて焦げたる綿の臭ひ五十八年経ちて忘れず

二〇〇四年

一通の手紙

たつた一通残りし君の手紙なり考へあぐね破り捨てたり

夕の潮差しくる匂ひがすると言ひ妻は河に向く窓開け放つ

我が詠み妻が書きくれし追悼歌袱紗に包み式に出て行く

後手を組んで歩けば楽なのに年寄り臭いと妻に叱らる

選択肢三つありと言はれたり所詮どの治療も
死に至る道

下水道終末処理場が完成し岸壁に此の頃牡蠣
が着くなり

町民功労賞贈りてくれし町長に抗ひ反原発の
先頭に立つ

母の胎にゐる時早も潜みゐしおぞましき遺伝子を憎みゐるなり

集魚灯

「遺言と相続」の本買ひて来てカバーを掛けて夜に読みをり

満ちてくる潮はかくも透きてゐて河底を蟹の
這ひゐるが見ゆ

風船を恃みアメリカ西海岸を窺ひし日の気概
もあらず

今一度命燃えたたせ生くるべし明るむ星を一
つ見つけぬ

幹事役の君が斃れて恒例の同窓会も開催されず

集魚灯ともしイカ漁に独り行く老いはそれぞれケイタイ持ちて

自由と民主の狭間に埋もれ苦戦する共産党に一票を投ず

後縦靱帯骨化症なる病名が二つの癌に更に加はる

食道下部ジャンクションに及ぶ癌にして八十八歳手術叶はず

河底の石に潜みゐるならむ潮澄む今日を蟹の出て来ず

チューリップの球根

チューリップの球根腰屈め植ゑてゐきその花
も見ず母の逝きたり

加齢現象と言はるれば其れ迄の事なれど癒え
ぬ病が又一つ増ゆ

うぐひすの入れ墨をして皺みたる腕を抓みて
ワクチンを注つ

同窓会に行かねば小関も死んだかと言はるる
ならむ杖つきて行く

我の手に及ばずと診て転医さす大動脈瘤破裂
寸前なりき

今朝の祈りと裏腹にひと日振舞ひて悔いてゐるなり湯に浸りつつ

救急車が突つ込み自爆せしと言ふ誰も予期せぬ事がおこりぬ

廻りつづける独楽

独楽のごと廻り続けしひと生にて細き心棒が
震ひはじめぬ

ボロ切れとなる迄働き朽ちて行くその生き方
をよしとせむかも

蓑虫の如く身を包み眠る夜も生きて行く明日
を考へてゐる

医学部に進みし我が為大学にも行けざりし弟
に負目を持てり

待合室に三脚並べある長椅子に今日は十五人
座りゐるなり

煙感知器なき分院の厨にて換気扇廻し秋刀魚
焼き居り

沖よりの風は夜となり強く吹く防風フェンス
をかすか鳴らして

贈られしストマイ

「その様に理解して下されば光栄です」我が
評に応へまししし忘れず

暦注六輝記載せる厚き日めくりを今年も米屋
が配り来りぬ

アオリ烏賊二杯を売らず残し置き往診の助手
席に置きてくれたり

田舎初段の我を角落ちに負かしたる女孫は小
学六年にして

宣教師の贈りてくれしストマイに救はれて信仰を未だ捨て得ず

五米の深きに鶏を埋める見てホロコーストを思ひ出したり

机の上のエリカ

聖職者がローブの下に爆薬をまきつけ飛び込み行きしとききぬ

大病院志向の世となり田舎医者今日は五通の添書かきたり

天皇制自衛隊をも容認し現実路線とる党を寂しむ

机の上にエリカが落とす花殻を吹きて拭ひて
カルテ並べぬ

朝十人昼から十人診て終る老いには程よき患
者と思ふ

老いの死を診届けに夜半出でて行く温きパジ
ャマをズボンに換へて

椅子を立ち患者ベッド迄わづか五歩歩むによろける老いとなりたり

たるみし上腕

赤福社長の所得を越えし日もありき田舎医者三十年前の若き日

生きたしとの執念も今は薄れゆき西空に拡がる茜見てゐつ

心の澱の如くに纏はりつくものを落とさむと長く湯槽に浸る

早う楽になりたいと呟きしは二日前笑みます遺影の前に礼しぬ

少し固きを噛めばその後すぐ疼く此の一本を
恃み生くべし

両手萎え産湯使はすも叶はねど曾孫の生るる
迄は生きたし

木膚齧り冬を凌ぎしエゾ鹿が岸辺の萌えをた
べに出て来ぬ

薬品倉庫の陸屋根が区切る蒼き空鳶が右視野
より消えて行きたり

水銀灯列なる国道を靄覆ひトンネルの中行く
如き錯覚

襷掛けに背中洗ふ時上腕のたるみし肉が揺れ
てゐるなり

バウヒン弁

バウヒン弁に隠れゐし腫瘍がモモンガの目玉の如く我を見つむる

六十人足らずで千人に立ち向ふ文学なれば数を恃まず

朝食は常の如くに摂りしと言ふ予期せざる死
を診て帰り来ぬ

水子地蔵に涙流して詣でゐる若きナースに声
掛けざりき

まだ生きてゐるのかと十二年前に逝きたる友
が夢に現はる

これと言ふ当てもなけれど後三年生きたしと
去年の如く思ひぬ

大津波六メートル越すと予測され我が医院三
百坪も水没すらむ

繭の中なる命

殻を破り蛾にもなれずに滅び行く繭の中なる
命と思ふ

小沢一郎土壇場に代表を辞任して政局の行方
判らずなりぬ

台風の朝といへども来る患者玄関のシャッタ
ー開けておくなり

興福寺五重の塔を木の間より恒間見て雨の斑鳩を去る

キリスト者になり切れず

脱走兵の烙印押されてでも生きたしと十七歳の日我は思ひき

足投げ出し二人並びて語りゐき渚浸して満ちて来る迄

キリスト者にもなり切れず死ぬる時近く滅びの他なき命と思ふ

ナザレ出身の宗教改革者に過ぎぬと言ふ読みし其の夜は惑ひ眠れず

せめて二年平均寿命まで生きたしと此の頃欲深く思ふ時あり

下枝打ち長く伸びたる杉木立思はぬ高さに蛍が光る

「布団の下に隠して置いた金がない」ああ此の老いにも呆け始まりぬ

この狭き木の橋くぐりせせらぎは思はぬ方へ
流れ行くなり

嵐去りし後天草を拾はむと潮引きし磯に老い
等出て行く

木々の間を覆ひつくせる破れ傘屈みて短き一
本を掘る

縺れ舞ふ蝶

象の如く群を離れて知られずに土に還りて行かむと思ふ

縺れ舞ひ翅を畳みて隠れ住む二人の狭き世界もあらず

唐箕廻し飛ばされて行く籾殻より軽きおのれと今に思へり

黄斑変性に効くといふ新しき療法を読みて早速妻に勧めぬ

朱記しある副作用欄より先づ読みて肝病む君には処方せざりき

マウスと言へ無脳胎仔の一例にはじめて放射
能の恐さ知りたり

仏壇をどうする積りかと洗礼を受けし日母に
諌められたり

僻地診療所の玄関にナイロン提灯が三つ吊る
され今日村祭り

玉うどん二つを買ひて帰り行く長く離婚を噂
されゐて

剝がさるる仮面

残る仮面一つ剝がされ君の前に我の正体曝け
出したり

裏階段十八段を手摺持ち登るに必ず一度躓く

我が脳を輪切りにしても恋慕する想ひは影に出でずと思ふ

風船を針で突く様な危機感を抱き乍らに生かされてゐる

貂の糞に雷鳥の羽毛が混りゐて絶滅の危惧現実となる

昨日逝きし老いの寝姿其のままに歪める病衣が吊るされてあり

死は無だと言ふ先生には夢がない迎へ火焚くと帰り行きたり

鼠が凍死する程寒き北朝鮮十人が生きてゐる保証はあらず

漢詩の素読

簡単服の上より腹部を触診し動脈瘤に気付かざりにき

清らなる声に賛美歌唱ふ人ああこの人に罪は
あらぬか

山上の垂訓は心に生きてをり信仰を捨てむと
決めし今でも

殉教と言ひて安易に自爆する宗教は阿片より
恐しと言はむ

蛇口しつかと締むる手力も無くなりて音たてて細く流れゐるなり

小学四年出でたるのみの父にして漢詩の素読教へくれたり

鯛の粗に白葱入れて塩のみに味出しし母に妻は及ばず

二〇〇五年

狭き歩幅

初めての面接に履歴書と免許証を持たずジー
パン穿きてくるなり

歩み行く後よりナースが声かけぬ「段差です
足を挙げて下さい」

百五十センチあるかなきかのナースより我の
歩幅の狭くなりたり

城山三郎

枕より耳を離して闇にきく地虫鳴くのか耳鳴りなのか

八十八歳迄要となりて在りし母逝きて同胞バラバラとなる

どうせ長く生きられぬ七十六歳と今もパソコン習はずにゐる

城山三郎が同窓会に来るといふ行きて六十年振りに逢ひたし

原爆を投下され焼夷弾に家焼かれ何故にかく迄睦み合ふのか

伊勢海老

六十年振りの校歌を四番迄皆で違へず唱ひ終へたり

一代で終る医業と知りまさば悲しむ母とそれのみ思ふ

箱の中に跳ねて鳴きゐし初海老が今朝オガ屑の中に死にゐき

伊勢海老を出荷する手休め軍手脱ぎ嫗の柩を
皆が見送る

投げ遣りでチャランポランな生き様の結末が
すぐに来ると思はむ

一兵卒が今では百人の社長にて将校たりしが
二人働く

癌を病む我が癌病むいくたりの死亡診断書書きたるならむ

モルヒネの貼布剤貼りて寝るのみの妹をホスピスに今日は見舞ひぬ

屋台にて媼が買ひくれし鯛焼きの湯気立つを往診鞄にしまふ

前立腺癌③

生きて居てくれるだけで良いといふ君の真実
を今は信ぜむ

幾度も諳んずる迄に稽古せし挨拶を本番の時
にとちりぬ

一瞬の交尾とは言へ事終へし雷鳥をけふは羨しと思ふ

つとめつとめ新アララギに歌寄せき七年に二つの癌を病みつつ

すぐ死なぬ前立腺癌を病む事が我のすべてを消極にせり

あと二年三年はどんな事しても生きて見せる
ぞと日記に書きぬ

根治率八十%ときき決断す放射線潰瘍承知の
上で

戦はねばならぬ時

小関医院潰されても町を追はれても戦はねば
ならぬ時と思へり

大紀町と今日より変り薬袋の旧名をゴム印に
押し直すなり

ブラインド透し射し来る冬の日が患者の背中
に縞目を作る

求愛に現を抜かす野生山羊に断崖より雪豹が
襲ひかかりぬ

賞味期限

死ぬ前の一年二年はゆつくりと体やすめよと
妻の言ふなり

不揃ひの湯呑み十二箇が卓に並び出涸らしの
熱き茶が注がれ行く

はらからの一人が欠けてあと四人次は我かも
知れぬと思ふ

「五十年存分に働いた休みなさい」と耳鳴り
の如く母の声すも

賞味期限すでに切れたる老いぼれと卑下すれどいささか自惚れもあり

逝く前に葬儀の手順こまごまと三枚の便箋に書きてありたり

赤き蛇口ひねり湯を出し顔洗ふ此の頃いたく老いしとおもふ

かかる羽搏き

かかる烈しき羽搏きが欲しと西空に向ひ飛び
行く鳶を見てゐる

軽トラにバラ積みにされしウルメ鰯峠にこぼ
しつつ行く後を行く

ステロイド四ミリ混ぜて膝に注つこの痛みだけはとめてやりたく

十億を誇り数千万死するとも国を守ると毛沢東言ひき

深圳に始まり上海に拡がりて資本主義容認の国となりたり

患者診て立ち上る時よろめけば手を伸しナースの袖を摑みぬ

八百屋医者

田舎医者八百屋医者だと自嘲して時には鼓膜切開もしき

廃校となりたる校庭の尊徳像高き礎石のみが残りぬ

花菖蒲昨日の蕾より色淡き一つが解けて花咲かせたり

絶滅危惧種

出生率一・二九を遂に割り日本民族も絶滅危
惧種となりぬ

薬好きの母にて痛む首を反らし粉薬は下唇に
受けて服みゐき

浴槽に手摺

やや黄ばみむくめる足を五分程君に替りてさすりやりたり

出来高は十三億株を突破して景気は踊り場を遂に抜けたり

十年を診たる患者の遂に死にぬすり切れしカルテの表紙繕ふ

浴槽を跨がむとしてよろめけば明日は手摺を
つけて貰はむ

点訳聖書

我が町にアカハタ購読者誰も居ず一日遅れに
郵送し来る

一枚の切符が免罪符の如くにて自動改札機が
通しくれたり

四畳半に推く積まれし点訳聖書ロマ書を素早
く君はとり出す

あの頃は既に腰痛む母なりき腰伸し休み田螺
とりにき

夕食後服みし薬包紙の皺伸ばし浮かべる一首書きとどめおく

我が心の奥にサタンが住みてゐるサタンが即ち我かも知れぬ

立ちて唄ふそれさへ困難な老いとなり前奏の終る頃やつと立つ

特攻に死にたる友

特攻に死にたる倅は馬鹿な奴酒飲めば涙流しましたり

九条を守れと叫べば中国の属国になつても良いのかと言ふ

「公認」の二文字に屈し節を枉げし君を支持
する訳には行かぬ

ジャガーに乗りひよっこり訪ねてくる様で妹
死にたる実感のなし

よみさしの「自殺者の手記」伏せてありロー
プ切り其処に寝かせてやりたり

神武帝比処に上陸と金の鵄眩しく描き看板が建つ

青年医師町に来てくれしと地方紙の見出しにかかれしことも遥けし

ひと夏に二度草刈りをせし畦に曼珠沙華列なり伸び立ちて来ぬ

読みもせぬ朝刊三紙の購読は無駄だと一部妻が断わる

公明党福祉事業に参入とぞ入居料月々十五万にて

あとがき

「明日咲かむ土手の曼珠沙華踏みしだき熱に効くその地下茎を掘る」

昭和二十四年頃文明選に採られた私の歌です。十八歳迄は恙なかった私だが、医学部に入って、お定りの結核を病み、人工気胸術を受け、胸水をため高度な肋膜胼胝を残して治癒、国家試験にも合格しその後は癒ゆる事なき不整脈、心房細動と長く病んだ。

医局に入る事もなく糊口を凌ぐ為に田舎医者になった。ゴルフも知らず、鉛筆と紙一枚さえあればと時間があればひたすら安静をつづけ短歌に励んだ。でも田舎医者は極めて忙しく、薬に不整脈を抑へ、我乍らよく働いて赤福の社長を抜いた事もある、これも目に見えねど神の恩寵の一つと今でも思っている。

不整脈は驕る事なからむ為に神の与え給うた棘だと自戒して生きた積りだっ

たが七十歳を目前にいきなりの大量下血、大腸癌、死におびゆる日々が四、五年続いたがそれもどうにか遠のいたと思ったら今度はなんの症状もないのにPSAの上昇、放射線療法に通った五十回はしんどかった。その後二十年いじけて意地悪く今も田舎医者を続けている。と書けば一頁にも足らぬのだがこの四十年は平坦なる年月ではなかった。国家権力に抗しての反原発運動、落選確実と判っての町長選立候補は病み乍らの私の最後の打ち上げ花火だった。それも終って私は急速に衰えて八十四歳余生を生きている。その後に詠みためた歌も六、七百はあるだろう。田舎医者パート2として出したいと思う。田舎医者と短歌には定年はない。最後の日迄続ける事となるだろう。

今泉さんにはお世話になった。専修寺と阿漕の平治塚を案内出来た事は嬉しい。

小関辰夫

歌集　田舎医者

平成24年11月15日　発行

著　者　小　関　辰　夫
〒519-2911　三重県度会郡大紀町錦195-6
発行人　道　具　武　志
印　刷　㈱キャップス
発行所　現代短歌社

〒113-0033　東京都文京区本郷1-35-26
振替口座　00160-5-290969
電　　話　03（5804）7100

定価2500円（本体2381円＋税）
ISBN978-4-906846-25-2 C0092 ¥2381E